鏡の上を走りながら

Mikiro Sasaki
佐々木幹郎

思潮社

鏡の上を走りながら＊目次

3

装幀　間村俊一

鏡の上を走りながら

鏡の上を走りながら

鏡の上を走りながら
夕陽を見た
海の匂いに満ちた
消えゆく雲を見た
コオロギの声に包まれて
白い満月を見た

船は丘の上で
錆びていく

もしもし　もしもし　わたしです
ここにいないわたしです

水のなかで
呼んでいるのは　わたしです

ことばということばが
透き通るように　消えていくのは
ことばが　わたしたちを見捨てたからだ*
風が哀しみを奪ったからだ

魚の哀しみ　水の哀しみ　森の哀しみ
人という哀しみ

溶けることばを追って　生きている
忘れることなどできないから

はじまりのことばを　もとめて
うねうねの　波の上を走るのです

＊石原吉郎「ことばを私たちがうばわれるのではなく、私たちがことばに見はなされるのです」（「失語と沈黙のあいだ」）

I

声たち

——声の織物1（大船渡市・下船渡）

歩きで山を回って、この下船渡まで来たんです。わが家が気になって、気になって。壊れた家を乗り越えました。見てきました。

ほんとうに修羅場を見てきました。見てきました。

わたしが歩いている近くで、亡くなった人が二人、ドタンと出てきたり。

潰れた家の下から手をあげていたのがチラッと見えたりしたけど、わたしはほんとうはこの人達を助けたいな、と悩んだんです。

困ったな、困ったな、でも、神様助けてください、わたしの主人は心臓の手術して入院しているし、わたしの家には動物がいる。

わたしは子どもがないから、拾った猫とか犬を育ててましたので。どうかな、どうかな、うちはどうかな、駄目かな、と思ったり。

高台から妹の家のほうを見たら、もう家は無くなっていました。津波がものすごい勢いで流れていまして。

妹は逃げたんだろうなと思いながら、そして、修羅場を越えて、山、山、山と選んで、

どうか神様わたしを許してください、わたしは我が家に行きたいんです。我が家がどうなったか、たぶん駄目かもしれないけれど、行きたいんです。許してください。

今日だけわたしは悪い人になってます。すみませんって、神様にお願いして、

わたしを許してください、なぜかというと、わたしは元看護婦の仕事をしてましたので、そこは一昨年定年になりまして、あとは寮母として働いていました。

それで、津波になったので神様許してください、許してください、許してくださいと言いながらも、

聴こえたんです。

助けてください、とかいう声と、ショックで頭が……、年老いた方かな、

唄うたってる声が聴こえてきましたよ。

潰れた家の下から。

でも、わたしはそっちのほう見ませんでした。

見ませんでした。声だけ聴きながら。いま思えば、それは民

謡じゃなかったかな、と思ったんですよ。

八戸小唄だったと思いますよ。

なぜ民謡かとわかったかと言うと、うちのお姑さんも青森の八戸なんですよ。生まれが。

お義母さん、八戸小唄が好きで、うたっていたんです。

ちょっと、そう聴こえた。いろいろうたっていました、

その方は。

明るかったです。三時半頃です。津波が来ている最中でした。来てましたよ。

来てましたよ。だってわたしは高台で、津波を見てから我が家に向かったんですから。

第一波、第二波って。夜も来た。それで、あの船、大きいのが上がったって聞きましたね。わたしが渡ったときは、陸に船、いなかったんですから。

潰れた家の下で、唄、一生懸命うたっていたのは、かなり年とっている方で。

助けを求めていたんではなかろうかなと思いました。

見ませんでした。つらかったです。かなしかったです。

泣き泣き歩きました、山を。

そして、やっと我が家にたどり着いたんです。やっぱり、我が家は壊れていたけれども、かろうじて流されずに残っていました。犬猫はどうなったのかなあって。子どもがいないから、わたしたち。

猫二匹、流されました。

三日目に行ったら、猫三匹だけ高いところにいて助かってました。犬は倒れた家具と立ち上がった畳との間に挟まれて生きてました。

ええ、まあ凄い津波が来たんだな、とわたしは思いました、ほんとう。

夫・畑中靖（七十歳）
妻・畑中みつ子（六十三歳）

ワカメが始まって

——声の織物2（釜石市唐丹・小白浜）

ワカメが始まって二日目だった。

ちょうどワカメの時期だったんで、よかったんです。みんな午前中に収穫のために海に出てて。朝五時頃、海に出るんです。八時頃から集荷するんです。二時間くらい作業して、メカブなんかそういうのを整理しても、十一時頃かな、うちに上がってきて、ご飯食べたりして、一休みする。その時間帯だったんです、二時というのは。

風が無くて、凪で、波がよくて、こんないい日はないと、みんなで言ってて。帰って来るまではよかったんです。ほんとに風のひとつもなかったもんね、あの日は。

これがもしホタテの仕事だったら、夕方、ほら、三時頃までやってるから、沖でもっとみんな遭難してるかもしれないね。

ホタテだと、水揚げだったら夜の十二時頃から行って。それで七時頃までに終わらせるとか。あと、細かい仕事、草取りみたいな仕事だと、夜明けと同時に行って、午後の二時、三時までいたり。四時までいたり。

早く行くのは、ホタテを舟の上で掃除するためです。二人とか三人で。貝にはいろんな草やなんかがついてるんで、掃除するんです。朝七時に漁協で集荷するんで。

ワカメを刈るのは、夫と妻で。ホタテでもみんなそうだよ。夫婦舟で。男だけの仕事というのは、イカつりくらいだよ。女のほうが、よう稼ぐ。

ちょうどあのときは、干潮だったんだ。

三月というのはね、ほんとに潮の引く時期なんです。九日の干潮が十二時頃だった。その時期になると、このへんの人、浜に行って、マツモを採ったり、フノリを採ったり、みんな行くんですよ。わたしも九日に行ったんです。舟で行って、そこの防潮堤の陰でツブを拾ったりしていたんですが、十二時ちょっとすぎに放送があって、なんかあったのかなあ、と思いながらまだ採っていたら、おかしいなと。弟から携帯電話が鳴って。アニキ何してるんだ馬鹿、と。津波警報が出て、みんな避難してるんだぞ！　って。それから舟で岸壁についたら、誰もいなくて、水門も閉まってて。全部避難して、高台に上がってて。そのときは六十センチくらいだった、津波は。

三月十一日は、午後一時頃が干潮だった。寒いから、行かないでいようかなと思ったけど、どうしても行ってみようかなと。一時頃出て行ったんですよ。そのへんで採って、今年は磯のものの生育がよくなくて、いま少し向こうの浜にも行こうかなと思っていたんだけど、寒いしなと思って、帰ろうかなと思って、帰ってきたんですよ。舟を着けて、いつもは採ってきたものをきれいにさばいておくんですけど、とても寒いので駄目だから、それをやめて、風呂道具を持って、マリンホテルのお風呂に行こうと車に乗ったら、いきなりガタガタときたんです。車がパンクしたんじゃないかなと思って。二時四十四分くらい。だから一時間三十分くらい、海にいたんですね。それから、ここへ来たんですよ。みんなパニックになって避難所にいた。

結局、ワカメの水揚げだったから、よかったんだ。

ここは、ワカメの養殖とホタテの養殖しかないから。生活はそれしかないから。

でも、すべて失いました。

防潮堤

――声の織物3（釜石市唐丹・小白浜）

津波というのは、沖からこう、来るもんだ、みんなさらっていくもんだというイメージがあったけど、防潮堤のなかで、いったん入った波が渦を巻いて、モノが、流された家とか車とかが出て行かないんですよ。津波が引いて行ったとき、モノが出て行かないで、水だけが出て行くんです。

そのときに、海の底がみんな見えたんですね。引き潮で。そのとき、ほんとに地獄の底を見たという感じでした。あれはすごかったです。ナマで海の底を見た、という。ずっと向こうのほうまで見えましたから。墨絵で描いた地獄絵図みたいな感じでね。まわりは木もないし、緑もないし、岩と枯れ枝ばかりで、海の底ばかりで。びっくりしました。

地震が来て、十分くらいしたときは、防潮堤は最初、白い泡でしたよ。ずーっと真っ白な泡で。それで、引き波があって、二回、引き波があって、そのあとで波が来たときは、海の底の泥、ヘドロの真っ黒い波でした。それが十二メートルの防潮堤を越えてきたんです。それで、全部流れて行って。

漁協の油タンクは、防潮堤の外側にあったんだけど、それが防潮堤が倒れて水が入ってきたとき、タンクも入ってきて、一晩中、ぐるぐる回っていたんです。

だけど、海の底を見たのが、一番怖かったね。怖かったね。

*

防潮堤はみんな見てた。全長三百六十メートル。十二、三年かかって造ったんだ。盛岩寺《せいがんじ》のお寺のところまで来たから、二十五メートルの津波だって。

あれは九日の津波のときは大丈夫だったんだ。十一日の津波の一波、二波でも、傾いただけだった。十一日に傾いた下をわたしは歩いたんだから。そのあとの余震で倒れたんだ。

わたし、見てないんです。人助けをしていて。実家から歩いてきたら、防潮堤越えて、ナイヤガラの滝みたいになってんのを見て。海の見えない人たちが地震の後片付けをうちのなかで始めていて、津波来ているのを知らなかったんです。そこに坂があるんですけど、もうそこに水が来ていて、そこの古い駐車場に年とった人が集まっていたんで、その人たちを高台にひっぱり上げていたんで、防潮堤の様子を見てなかったんです。

*

一年が経った
聴いていた男の体内に育った
赤く染められた腎臓の肉片の　ヤドリギの茎のような
顕微鏡写真のなかに　白い空白がいくつもあって
それが　腫瘍の細胞であって
その真ん中に　それぞれ赤い点がある
それが　細胞の核にあたる

輝く実《み》だ　こぼれ出る実だ
地獄絵図よりなまめかしく
危ういその絵のその輪郭をなぞるとき
わたしたちがこの世にあることの
わたしがこの世に投げ入れられたことの
その場所の腐乱
血液とともに渦巻いて　出て行かないモノたちの
不吉な沈黙は　肉襞のなかに
線となって書き綴られていたか
わが防潮堤
それが舌となり　炎となり　めくれあがり
跳ね返されて　どんな記述も見えぬ　暗がりから
さらに　なお　切り取られた肉片の　痛みの穴から

急停車するまで

ガラス窓を見つめていると
「電車が急停車するときがありますので
吊り革や手すりにおつかまりください」
という注意書きのシールが貼られていて
わたしは　いま吊り革につかまっているのだが
わたしのこころは　何につかまっているのだろう
揺れながら　足元から浮いているわたしがいて

こころには　つかまるものがない
こころは　この世にあることを　たえず疑い
ふと　よそ見をすると　消えていて
吐く息　吸う息のように
正体がないけれど
そこにあることを　誰かに知ってほしいと願っている
死んだ人にも　生きている人にも

たった一人の誰かに
そうであれば　大きな臼のような絶望にも
時が過ぎていくばかりの希望にも　耐えられる
この夕暮れに　一本の弦のように
こころは　聴こえないもののなかで
ひそかに爪弾かれ
見えない糸となって　揺れている

母浜回帰

駅の前の小さなバーの窓辺の水槽に
白いクラゲが何匹も浮かんでいて
それはどうやら樹脂で作られた人工のクラゲらしく
店主が趣味で作ったというが
店内は暗く　壁には水槽ばかり
熱帯魚も珊瑚もネオンに照らされていて
誰もいないカウンターに腰を下ろすと
ドクロの形の灰皿があって

黙ってウイスキーを飲んでいると
飛ぶものがある
雪だろうか
水だろうか

そこへ行こうとすることよりも
行こうとしている自分自身の輪郭
その影のあるところ　セロファンが風に鳴るような
闇と光りの輪郭を見たいから
酔うのだろうか　どこかへ戻ろうとするのだろうか
熱帯魚の小さな口髭を見つめて
感じることの正確さ（など　ない！）
にもかかわらず感じることで我あり
窓が開き
風に吹かれたカーテンが顔にぶつかり

半熟の卵がナイフで切り裂かれるときの
溶けだしている黄色である　わたしは

雪　と店主はつぶやいてから
こんなことを言っていいのかな
ほんとうのことなんですよ　と遠くを見た
交通事故が多いのです　このへんの交差点は
真夜中に車の前を横切る人がいて
轢いてしまったかと車の外に出ると
死体もなければ　人影もない
津波が襲ってきた夜　雪が降って
四百の死体がこの浜辺に集まりました
いまは交差点になっているところ
死体の渦でした
お祓いをしましたが　それでも出る

出るのです　幽霊がいまでも
生まれ変わろうとしている

言い残していることがある
身体は幻だから
言い足りないことがある
死者の代弁などしてくれるな
人間には伝えられないことがある
南の海のアオウミガメの母親たちは
浜辺の砂のなかに数万の卵を生み落とす
生み始めたら　誰が来ても逃げない
あの夜の浜辺に戻る
母浜回帰だ
霊魂は飛ぶのだよ
真夜中に飛ぶのだよ

わたしたちは忘れていた危機のなかへ飛ぶ
生まれ落ちたことの危機のなかへ
人間の形をして

イーリー・サイレンス

北の国の海辺の　小さな森の奥で
一つのことばを教えられた
イーリー・サイレンス
（eerie silence　恐ろしいほどの静寂）
無音の炎のように空に立ち上がる
オークの木の枝の下
そっと耳元で　ささやかれたのだ
ささやいた人は　水の匂いがして

足元ではシダの葉が
子猫の舌のように　用水路の水を飲んでいた
その水のなかに　木の枝が黒い影を落とし
風を呼び寄せ
揺らめき　ことばのない歌をうたう
（と思えたのだが　何も聴こえず
　鳥さえも鳴かず）
森の奥へ進むと　木の橋の上で
みどりの苔たちが盛り上がり　輝いていた
透明な蜜のように
静かな音楽が　薄い光の底をただよう
あれは何？
あれは椅子だよ　時間の外側にいるためのの
ふりかえると　その人は
もう一度　小さく

イーリー・サイレンス　とつぶやいた
誰もいない　わたしたちが生まれるまえの
いにしえの神が　人間の顔をしていた
森の奥で

2

朗読者

朗読者のまわりは真空
朗読者は百万の耳朶となり
羽ばたく？　いや
ゆっくりと拡がりふるえて
暗闇を飛び交う蝙蝠
朗読者は沈黙の壁をつかむ
ああ　と　おお　の崖の隙間から
はじまるものに向かって

ほのかに香る風の渦を孕む
死から再生への
小さな帆柱
朗読者の腹のなかで
暗黒はまさに桃色の唇をひらく
さらに　隙間を探して　吸い込まれる
息継ぐもの　淀むもの
そのかたまりが　だんまりの崖を落ちて
溺れようとするとき
溶ける壁についには両手をあてながら
黙る
朗読者は素裸であるから
もはや帆柱もなく　死の海を漂う
一艘の舟そのもの
沖で口開ける大きな魚のほうへ

まっさかさまに　吸い寄せられ　裏返る
手に握る櫂が溶けるまで
官能する垂直の百万の死体のひとつ
海底で両腕を垂らし
目を見開きゆらめき立つ
あるいは丘の上から下りてくる
朗読者の足は
うたうことと　語ることの
狭間で　一本の針となる
狂暴な足跡
立ち上がる音の鎖
呪われた
風の音を聴くこと
声を発するとは
ふるえること

骨の笛となって
標高五千メートルの大きな石の窪みで
ひとりでに鳴ること
頬を打ち　舌を縛り
朗読者は生贄となる
断固として
この世の王であるから
朗読者は思う
我が声の焼けるとき
文字は燃え落ちるだろう
我が身体は消えるだろう

反歌（山の畑で農夫が言う）

彼は嫌われている

きっとそう　そう思うだけなのか　思い過ごしなのか
嫌われていると思うとき　誰に　という名前は
浮かぶのだが　一人だけではなく　次々に浮かび
ほんとうにそうなのかどうか　わからないから
はっきりと　彼は嫌われている
と確信する

素晴らしいことだ　彼は人間から嫌われている
ということは　星雲のなかに入るように
孤独な泡を天空に放つことだ
草から　虫から　猫から　犬から　豚から　牛から
嫌われたことがないか
生命の汁を啜りあうのが　わたしの流儀
草を刈りながら　闘うのである　その頑丈な根と
虫をつかまえて　その不運を　あの世へ投げるのである

猫の目を見つめながら　問うのである　この世の生き方を
犬にも豚にも牛にも　わたしは鞭をふるう
走れ　歩け　静まれ
鳴き声以外はすべて食べてやる
孤独のかたまりどうし
それが山の斜面のゼンマイのような彼との約束だ

イチョウ並木の町で

イチョウ並木の下を幼稚園の丸い帽子をかぶりエプロンをして紺の制服を着て歩いていたときも道路の向こう側に並ぶイチョウの木の下を逆方向に歩いてくる黒いセーラー服を着た大きな人たちの群れがあったはずだが気がつかなかった。

朝の同じ時刻をそれからずっと歩き続けて小学生のとき向こう側の舗道を歩いているのが大きな姉たちであることを知ったけれど覚えているのはイチョウの木の下の笑い声が貝殻の

なかで響く声のようだったこと。

丸坊主で中学校の学生帽をかぶっていたときはまっすぐに前を向き横を見る誘惑とむやみに戦い向こう側を歩いている黒いセーラー服たちがこちらを見て何人か囁いていたようだがからかっているにちがいないし目が合うのは厭だし笑われるのも厭だし顔はなぜか赤く手足は宙に浮いていたから。

彼女たちはいないことにした高校生のときの朝は並木道を走り抜けていたんだイチョウの木の下を大量のセーラー服のかたまりが逆方向に移動しているのは鏡を見るように腹立たしく機関銃を撃ち込みたかった彼女たちはどこから降ってきたのだ並木道を歩くわずか十分という時間を毎朝毎朝髪の毛がなびき血の香りがして。

イチョウの木は剪定が悪く年々瘤だらけの幹になって葉は繁らずその痩せた木の下を背広を着て歩くようになったときは夜になり彼女たちの行列はなくなりましてその木々の下を朝の同じ時刻同じセーラー服を着て彼女たちが歩いている姿を想像しようとしてもわたしの恋人は知らないうちにすでに死んでいた。

イチョウ並木のある町で枯れた木が植え替えられ並木の復活が計画されたのは六十年後のことで町の人々が繁り始めた木の下で落葉を掃いているその道でふいに黒いセーラー服の少女たちが三々五々歩いている姿に出会うがそれは草で作られた人形たちであって何があれほどわたしの人生の一部を恐怖に落とし入れ苦しめてきたのかわからない。

六月の悪意

ひとは自分が何を経験したか
知らないまま死んでゆく――ミラン・クンデラ

おまえさん　おまえさん
六月は美しいなんて言わせないよ

闇のなかに浮かび上がる
夜のレンゲツツジはことに赤く
雨のなかの焚き火のように
ことばのない歌のように

アカギツネが
眉間に鉄砲玉を撃ち込まれた一瞬
盲目になって　失神
まるい尻尾を巻いて石の上に坐った
近づいてくる猟犬の声を聞いたとき
生きものの本能は
死んでいながら立ちあがったのだった
逃げるために　土のなかの巣穴にもぐり込み
平原の真ん中で　神隠しのように
消えた

ことばも　生きものも　そんなふうに消えるのか
ここにあること　そのままで
雨の音も焚き火の炎も

六月の新緑の樹木の間をゆっくりと上昇していく
無数のタンポポの綿毛たち
そんなふうに　ことばも　生きものも

見上げるだけだったのか
十二歳の少女は
上級生の男の子から
バレーボールを受け取っただけで　笑い転げ
携帯電話を左手に持ったまま
夜の食事　大麦パン　塩入バニラ　話題にことかかない

六月のクリの木の新芽の濡れた　悪意
ことばのない歌のように
しかも　バス停で待っている少女たち
目の前を通りすぎる男の子たちの学帽を指差し

少しずつ泡立ちながら　消えていくのだ
六月は美しいなんて言わせないよ

肖像あるいは太鼓とフランシス・ベーコン

静かに震え続けている肉体
欠け出している鼻　叫ぶ口は真っ黒
赤い頬は垂れ下がり　捲れ上がり
永遠に太鼓を叩き続ける男は
隠されているものを暴こうとして
飛び上がり静まり歩き這い出して叩き
やがてその音が止まり　再び激しく撥が打たれると
この世のすべては土の匂いに満ち

無言の渦のなかで　立ち上がる

その音を聴くための椅子の肘掛け
それは人を休ませるための装置
人の両手の先がつかむもの　あるいは
肘掛けが人の指先をつかむとき
生きることの頽廃と快楽が脂となって浮かび
雨と風に晒されはじめる

緑それも暗緑の
床の上に投げ出される靴があり
椅子に坐る人の　周囲に降りてくる黒い線があり
囚われているものは肉体　いや肉体への問いかけ
それは空気に溶けることができない

だから歌うことを禁じられても
歌う　扉の影のなかに
首を突っ込みながら　歌う
葡萄の房のように
両手両足が丸くなり　白い湾曲した皿の上で
曲芸する男あるいは女となり
単色に削ぎ落とされて　ひとりの影が描かれる

アミタケの夢

草いきれのなかのアミタケはつややかに濡れ
神のペニスのように　鎌を持つ娘の足元に立つ
十月のススキの白穂　その光と熱のなかで

一本の樫の木にまとわりつく緑の妖精として
ヤドリギは　地中の秘宝のありかを示す
その黄金の枝を見上げて
真夜中

白い布を樫の木の下に広げる娘ひとり
音もなく　落ちてくる花粉たち
それらを集めて枕の下に入れて眠る
夢の鏡のなかで　出会うのは
未来の夫

それは遠い国の伝説
ここでは　アミタケ　その夢
狩るものと狩られるもの
愛と区別しがたい　敵を見定めるときの
まぶしい娘の眼　その眼は
金細工師が打ちのべた彫り物のひとつ
鏡のまわりの縁取りのなかの
一匹の黄金虫として
暗い森の奥で　生まれ生まれ生まれて

明るい死の霧を呼び込む

てぃんしゃらん
ほら　峠を越えていく人
大きな鏡を背負って　鈴を鳴らし
アミタケの形の雲を写しながら　遠ざかる
てぃんしゃらん　てぃんしゃらん

3

彩《あや》の闇

——岩田宏追悼

涙滴《ティアドロップ》のような顔して　その人は近づいてきた
パーティの会場で
とある島へ舟で近づいたときの話を
フランス人とドイツ人とアメリカ人と一緒の旅であったこと
お国柄が違うと　島について全員　違うことを言うんだよ
声色でその真似をして
わたしはひたすら笑った
涙滴さんとは　その日　初めて会った

厚い眼鏡の老人がいた
眼鏡老人は　父親に連れられた少年に
腰をかがめて　眼鏡からはみ出す笑顔で
最敬礼の挨拶をした
黒い髪とピンクの頰の天女の絵に眼鏡を近づけ
えいやっと大声を上げ
絵の隅に　筆で文字を書いた
たぶん　老人の名前
少年の目に眼鏡老人が焼き付けられ
その東北弁とモンペ姿が忘れられず
しかし眼鏡老人は　断じて「としより」ではなかった

涙滴さんに会ったとき
「あこよ　あこよ」という声が聴こえたか

「大きな声じゃ言えないが
としよりだけには気を許すな」と
眼鏡老人と同じように
涙滴さんも「としより」ではなかった

ずいぶん時間が経って
涙滴さんは病を得た
あのとき　と　かつての少年が言い出すと
あのとき
きみは　あんまりにも暗かった
たぶん　それで笑わせてあげようと思って

「まず夢だ」と言ったのは誰だっけ
「夢の暴力がわれわれを鍛える」
眼鏡老人も　同じことを言った

「わだば　ゴッホになる」

「すべてをルフランに変える青春の無知について」
涙滴さんが語ったのは　ずいぶん昔
でも重要なこと
「あなたに惚れた」
「わたしも」
涙滴さんが惚れたのはマヤコフスキー
だから言葉は廻り続けた
「あなたに惚れた」
「わたしも」

マヤコフスキーの死を巡る機密文書を求めて
イスラエルのロシア人と電話で
ロシア語で気候の挨拶

それだけで　単語は尽きたんだよ
涙滴さんは愉しそうに笑った

国家はいつでもどこでも「としより」
「あいつら必ず暴力だ　そのむこうは
あやめも咲かぬ真の闇で　そこが世界の
どまんなかだ　あこよ」

真の闇のなかには
「四角なしきたり」も　文目《あやめ》もない
彩《あや》の闇
「としより」ではない
無数の死者がいて

＊「眼鏡老人」は棟方志功
＊括弧内は岩田宏の詩から

北上川

――橋本照嵩のためのメモランダム

小雪降る店先で
リヤカーは踊り出しているのである
少年はそのまぼろしの影を見て育った

影のなかから女の嬌声が聴こえてきて
おいで　おいで　をしているのである
雪の広小路通り　横浜屋果物店の店先で
少年が見ていたもの

そのむかし　船はすべて木で造られ
木は細長く曲がり　肉の匂いを放ち
肋骨を持っていた
それが海に浮かぶとき
カツオ　タラ　サンマが　縄のように連なった

むかし　川岸の道は人の肌の色をして　体温があった
道の脇の草花は　風の刷毛ではかれて
川底から朝霧が立ちあがる頃
川の女神たちはいっせいに産卵し
胸鰭を立てて　横向きに流れていった

むかし　田植えが終ると
山も家も川も　居住まいを正して奥深くなった

とろりと川は曲がり　藁葺き屋根の横で
少年は寝ころんで知ったのである
生者も死者も同じところにいる

店先を通りすぎるのは誰？
夢はいつもリヤカーに乗って通りすぎた
茹でられて並ぶ秋のクリ
船に乗る男を見送る女の叫び声は
北上川の水音に似て　あああ　あああ　なのだ

むかしもいまも
川は山の夕陽に照らされると
枯れ草の匂いと水音だけになる
観音堂の境内の奥
一筋の水となり　すべての始まりの糸になる

家系あるいは色彩について

わが祖先Aは　飴色の樫の木の椅子に坐り
天に昇る掟を低い声で唱えながら
五万語の文字を白なめしの皮に書いた
部屋の鍵をどこに置いたか
もの忘れが多くなってからは
浅蜊の貝殻ばかりを集めた

わが祖先Bは　寺院の黒い竈の横で

にこやかに笑っていた
高僧たちが朝の読経を始めたとき
大きな鉄瓶に湯を沸かすのが仕事
たぎる湯と祈りの言葉は同じ旋律を奏でた
世界中の朝　というのはそういうものだ

わが祖先Cは　インディゴ色の壺に手を入れ
日々の布を絞った　顔も爪も青かった
ここから逃げ出したい　手に色が着く仕事は嫌だ
菜種畑に逃げ込んだあと
棕櫚の木の下で透明な油を絞った
盲目になってからは　闇に浮ぶのは青色ばかり

つねにバターを切らさず　灯明を切らさず
乳房を暗闇のなかで光らせる

わが祖先Ｄは　身体の中心が
スカーレットに染め上がることがあっても
すべてが秘密　逃亡中の従兄弟の殺人犯のために
夜な夜な飯を握り　屋根裏部屋を見上げた

わが祖先Ｅは　喉に鮫を飼う
深々と煙を吸い　六十三度の酒を好んだ
砂利まじりの畝に坐り　棉の木の雄と雌を見分ける
水面に踊る舟や雨に誘われても　歌わない
孫息子が描く肖像画のなかで
銀色の口を結んで言う　喋るな

わたしは穀象虫を食べて育った
藁屋根の下を流れる風の形に　頭は歪んだ
刺青師になってからは　昼は蕎麦

蕎麦猪口の中の黒い汁に浮ぶ
白と緑の刻み葱の回転を見続けた

再会

a

カフカ家の長男の名前はフランツ
彼が生まれた家にはネズミがたくさん
屋根裏部屋に　台所に
階段の手すりに寄り掛かり
ネズミたちはあまり多くて
家族から忘れられていた
十四歳のフランツが初めて書いた文章

「出会いと別れがあって
しばしば再会はない」
彼が書いたのは
たぶん人間ではなく　ネズミについてだった

b

叔父さんの夢は走ることだった
ハンドルで操作する二輪車を設計して
二頭の大きな犬に引かせた
石畳の町の真ん中で叔父さんが鞭を振ると
犬たちは黒い耳をつんと立てて走った
二輪車は壊れるように走った

ある日　運転席のわたしは有頂天

叔父さんと二人で霧のなかの町を走り
坂を登り　路地を曲がりそこねて
二人は折り重なって転げ落ちた
（痛かった記憶がないのはどうしてだろう）
二輪車から黒い松葉杖を取り出すと
叔父さんは銀歯を光らせながら立ち上がり
逃げていく犬たちを見て　カッカと笑った

叔父さんは有名だった
町の新聞にも犬の車に乗った叔父さんの写真が出た
自家用車も　まだなかった頃のことだ
時計屋と床屋の主人をやったあと
いつでも走る夢を見ると言って叔父さんは死んだ
それから二度と会うことはなかった
霧のなかの大阪市阿倍野区の

霧のなかの叔父さんの黒い松葉杖が
霧のなかの帆柱のように立っているのを見るまでは

十九歳の詩への反歌

環状線

瞬時の軽いおどろきのために
凝結したような雲間を見せている
孕みゆく季節は
なおもうつむき加減に歩き
いまは石油の匂いさえ濃い冬
わたしはコンクリートの壁を降りゆく憎悪をみつめつづける

夕暮の安堵の吐息の充満している街の陸橋の上で
わたしは黒いプードルをつれてたたずんでいる
わたしは頭をうなだれ唇を嚙んでいる
わたしはアルマイトの弁当箱に新聞紙をひろげ
ときおり思い出したように投げ入れられる十円銅貨を見ている
わたしは決して目をあげることがない
わたしは投げ入れられるあらゆる希望というものをうけとめる
わたしはわたしの〈いま〉を待っている
尋ね歩いて忘れてきたわたしの手袋のなかで
ぬくめられているのはわたしの〈いま〉だ
黄色く希望色で染まった右手をかざして
わたしは環状線外回りの夕日をみつめる
ひびわれた目からは倦怠がじっとり濡れ落ちた

（1967・3）

反歌・その轟きのなかで

幸福と入れ代わりに不幸が翼をひろげてやってくる
きみはまだそれを知らない
雷がきみの十月の空を打ち
不幸のなかに幸福があることも
そしてそれが苦しみの出発点であることも
逃げられないもの　逃げていくものがあり
大きな影のなかで　きみはやがてそのすべてを失うだろう
そのときからはじまる生命があることを知るだろう

「わたしは淋しくない
ここから庭を眺めることができるから
わたしの瞳のなかに　王が見えるから」

アルハンブラ宮殿の壁にあるモザイク模様のことば
その王こそ　きみのこと　若い日に夢みた
英雄伝説ではなく　希望の瞳のことではなく
それらとの別れはすべての覚悟を打ち砕くだろう
その轟きのなかで人は

環状線外回りが見える二十一世紀の陸橋の
その上にプードルを連れた男はいない
アルマイトの弁当箱に新聞紙を広げている男も
陸橋から見えていた高校へ向かう市電も　そのレールも
毎朝　恋人が乗ってきた市電の停留所も
橋のたもとで祖父母が開いていた「鰻いづみや」の暖簾も
煙のごとく消えて
かつて二車線だった道路は六車線に工事中
街は〈いま〉を踏みつぶし　つぶしつづけて

その轟きのなかで人は

ふつうの人になる
踊るように　山の扉が開いて
梅がみごとです
たった四十年でここまでになります
花のなかに雄蘂と雌蘂の黄色い先端
のぞきこんでごらん
凝結した雲間に首をつっこむようにして

4

面会あるいは誰のものでもないクリスマス・ソング

わたしたちはガラス越しに会ったのだが
事務的に喋るのは　互いに苦手だ
マイクの声を拾う男がいて
傍らで点々と亀の絵や鶴の絵を描いている（らしい）

つもる過去の話　嫉妬から始まった自殺の話
反省することなんてないよ　と言いたかったが
ここはそういう話をする場所ではないから

男の最高の快楽は落魄である
と老先生が言った言葉を伝えた
向き合った如雨露のように　わたしたちの初めての対話は
川のほとりの窓のない部屋で行われた

禁欲の世界で生きている華やかな肉体
一日二千回する腕立て伏せ
左手の指先を舞踏させて

わたしたちがかつて聞いたギター音楽の幻を
血豆の模様のなかから思い出そうとするのだが
それは一瞬　通りすぎただけで
忘れてしまったな　もう

恥ずかしそうに指を隠した（のだろうか）
それからわたしたちは互いの指を見ることをせず
ふれることのできる北国の島の話　石だらけの海岸の話

策謀のない誰もいない土地で死ぬ
わたしたちの最後の宮廷は　どこにあるのか
風だけが椅子の形を残して吹く島
測りしれない愛なんて　こりごりだ（ほんとうか！）

吐き出せ　吐き出せ
おぞましい存在となるために
決してなまの感情ではなく　自尊心を横にずらして
もどかしい言葉で　わたしたちは別れてからも
話し続けた（のだろう）

一本の樹木を登りまた下りて来る子どもたち
彼らが水滴に似た声で話している言語は何？

午後の長い影が伸びる坂道に
誰のものでもないクリスマス・ソング
わたしたちは　叫び声を真似て　無音で

静止点

スクティ
とこの土地では呼ばれている
羊の干し肉である
スクティを口に
丘の上を進む
食欲ではなく
食欲なんかすっかり失せているのに
スクティを口に

歯で齧らず　舐めている
枯れきった肉に溶けているもの
ターメリック　コリアンダー　唐辛子
それは魂か　妖怪か
村はずれの崖の上の洞窟のなかの
暗い台所の小さな竈の上に
吊り下げられていたのだ

その干し肉を　ただ触りたいだけで
洞窟に住む白髪の少女から
盗むように貰ったのだ
彼女は赤ん坊を抱えて
わたしを睨み
スクティを指さすわたしに

無表情で　うなずいた

標高五千メートルの乾いた土地に
ライ麦畑が続き
小さな鋤を肩にかけた人々が歩く
村人たちはみな
祖先が猿であったことを誇っている

何度も山道で
突然湧き出てきた白と黒の羊たちに取り囲まれた
「人間などやめちまえ！」
「どうせ死ぬだけだ！」
角を突き立て　口々に羊たちはわめき
流星のように走り去り
残されたわたしは

スクティを舐めた
魂が破れる　辛い　かすかな音がして

崖の下から熱い砂嵐が襲ってくる
目をつぶると
馬も耳を垂れ　四つ足を垂直にして
目をつぶる
地上から　浮いていることがわかる
馬とともに
崖の上の山道で　わたしは風に溶けた
それ以来　いまも　地上から浮いている

地図に迷って

仲間たちは馬に乗って先に出発した。わたしの馬だけが扉の外で、白いまぶしい光の中にいた。しかし「仲間たち」とは誰だったのか。土間の隅に小さな土の竈があった。竈だけを見ているわたしがいた。

＊

寝ている人よ。土間を見なさい。女が手で捏ねあげた竈を見なさい。山風でまがった松の木の枝が太い炎となっている。その上の鍋のなかで煮えたぎっているのは砂まじりの川の水です。ここには誰もいません。冷えた土間と砂だけ。

寝ている人よ。あちらの扉を見ないで。扉の下から砂まじりの風が入ってくる。砂の匂いだけをゆっくりと吸いこみなさい。扉の外で馬が嘶いても、ここにはあなた以外の誰もいません。

寝ている人よ。何を望みますか。砂があなたの胸を覆っていきます。紐を輪にして小石を遠くまで投げる羊飼いの少年の声が遠くから聞こえます。あの広々とした丘。その斜面。羊飼いになりたいですか。羊になりたいですか。

寝ている人よ。すでにあなたは冷えた土間と砂そのもの。あなたは女が手で捏ねあげた竈に見守られ、燃え上がる炎に見守られ、鉄の鍋に、鍋のなかの砂まじりの川の水に見守られています。寝ている人よ。あなたはもはや竈であり、炎であり、鉄の鍋であり、川の水。ここには誰もいません。冷えた土間と砂だけ。

*

野垂れ死には甘味な誘惑だ。身元不明の死体になることの幸福。それが幸福だなんて初めて知った。誘惑をふるいのけるのは難しかった。やがてわたしはのろのろと立ち上がり馬に乗った。

異神
——身体という幻

わたしは女でした
生まれてから昨日まで
あなたは男でした
生まれてから昨日まで

歩んできた人生は確かにそうです
ええ　世間の人たちがそう言うように
そうですとも　そのように演じましたとも

しっかりと　森のなかでも町のなかでも

＊

女であるわたしは　わたしではない
男であるあなたは　あなたではない

わたしたちは生まれてから
ブランコに乗りながら考えてきた
天に向かって漕ぎ　地に向かって漕ぎ
わたしは　わたしではない
空気を悲鳴のように引き裂きながら
静寂を爆発させて
つかまっている二本の紐を振りちぎって
身体が飛んで行く方向を探していた

＊

生まれる前から
わたしは男でした
あなたは女でした
生まれる前から

死んだ後でも
魂が一本の樹木として育つように
わたしはこの世で男の身体になり
あなたは女の身体を身籠もりました
「身籠もる」と言わせてほしい
そこに「在る」こと　そのための傷
わたしが生んだわたし

いつまでも揺れている

＊

シャワーを浴びながら
海を見ていた　真裸の海を
抱きしめるとき　逃げていくもの
わたしは誰なのか
身体が糸のようにもつれて
ほどけるときに　さわるもの　さわりあうもの
もうそこから先は　男がいるのか　女がいるのか
真夜中の階段の上には
忘れ物をした子どもがいるだけ
髪の長い子ども
髪の短い子ども

＊

男の身体をさわる　なだらかな海原を
わたしの悲しみの　鳥たちの止まり木が
沖に浮いている
いま「在る」わたしが　それをさわる
波のように　飛沫のように
おお　ポパイ　永遠の航海士みたいに
低い声で歌いながら

＊

身体という幻
幻の行き交うこの世の底で

わたしたちは何を見ているのか
見ているもののなかにある男と女

そこに「在る」ものを見よ
海があり　川がある
そのように　見よ
そこに手がある　腕がある　お尻がある　乳房がある
臍がある　性器があり　陰毛がある
傷がある
それは「在る」のか
それは男の手？　女の腕？　男のお尻？　女の乳房？
いつまで　いつから？

アリア　その傾きに手を

（わたしたちはいつこの花のような渦を逃れるだろう）
　（悲鳴のようにあんなに怒るのなら）
（雨道を歩きながら　それでもいずれ
　　わたしはこの思いを裏切るだろうと確信を持ちつつ）
――引きちぎってしまった一本の草の傾きについて考える

おまえは「いる」のか
「いない」と言うことは簡単

もはや　そこに「在る」ことすら
記憶していないのだから

血　死滅　白く浮き上がる視床下部　脳細胞
騙す以外にない　「在る」ことを
筋肉を動かしながら　引きちぎられた花弁を
そこに「在る」はずの手を　足を

忘れているはずがない　鉛の棒が半身を貫いて
「痛み」と「痺れ」の茎を運んでくるのは
おまえが　かつて「いた」からなのか
いまも「在る」からなのか

「いない」はずがないから　そこに「在る」ものを見つめる
それは手か　足か　見つめながら

アリアのように　悲鳴のように
傾くまま

他人の手に支えられて
五本の指がひらくとき　花弁であることを
わたしたちが花のように　生きていることを
いつまで

いつから！

5

いつわる　わたし

「私」という漢字は
ひそやかでささやかなものであって
ふだんのまま
鋤を使って田を耕す
隷属的な耕作者のことをいう
と　この国の辞書は伝え

わたしあるいはわたくしは

陰部のことでもあって
ひそかに　からっぽ
だからこそ　えこひいきする人
であるならば　わたしとは誰か

いや　わたしとは名詞ではなく　かつて形容詞であって
いつわりの　という意味があった　と伝えるのは
遠い大陸の辞書　その国では
わたしの言葉は　偽《にせ》の言葉

膝の上に抱えた重い辞書に耐えながら
詩を書いているわたしは　何に耐えているのだ
言葉の重さか　文字の重さか
紙の重さか　そのすべての軽さか

紙は燃えない　燃えるものの中でもっとも燃えないもの
焚き火をしながら　一本の棒で
重なった一枚一枚をはがす以外
燃えることはない

だが　大きな辞書を二本の手でつかみながら
訪れてくるこのやすらぎは何だ
「私」という言葉がなくても
わたしがいなくても
窓の外で　小鳥たちはさえずる

失ってしまったもの
ありありと　ありえぬものの
あらわれる　ありか
「私」は

平面の構造

彼は子どもの横で
目を細めて遠くの風景を見ることが多かった
考えているのではなく　ただ見ていた
こうやると風景の濃淡と輪郭がよくわかる

大きくなった子どもは　その子どもに同じことを言った
地球の上にあるのは　もののカタチとイロだけ
雨に揺れている　川べりのアジサイ

その路地の奥の蕎麦屋のラジオからブラームスが聞こえ
夕暮れの交差点で車のテールランプが点滅する

右手の人指し指と親指で直角を作り
左手の人指し指と親指で直角を作り
ふたつを組み合わせて　指の窓を作る
その窓から世界を覗いてごらん

片目で世界を見ると
窓から見えるもの以外は　なくていい
（とりあえず）そのように　生きる
この世が濃淡だけでできているのなら
山も岩も樹木も　影から生まれているのなら
（とりあえず）影と影の間で　歩くための靴紐を結ぶ
そこから始まる　生き方があるのなら

撫でながら　引き寄せ
触りながら　遠ざけ

空に浮かぶ平面の雲の下　夜の町に平面の看板が浮かび
机の上の平面の布の上の平面の壺とリンゴが
モニターに写る平面の花とともにある
平面の中の平面の　その奥の平面の
文字という平面を眺めて
眠り方を忘れた　わたしという立体がある

黙って蕎麦つゆを飲み干したあとで
気がついた
たぶん　死とは
記憶という立体のサナギを残すこと
影の平面の中に消えること

その木の枝に巻きついている刺とはなに？

猫という文字が書かれた大型のユンボが路地の向こうへ
キャタピラの音さえ立てずに消えていく
アスファルトの上に大きな木の板を敷いて
数人の無口な男たちがユンボのまわりにいる
その男たちの姿も消えて
小雨がアスファルトを濡らし

わたしは消えた足音を追っているのか

残されたものを追っているのか
どちらかわからなくなる
古代エジプト　スフィンクスを作った男たちも
このようにして消えていったのか
砂風にまみれながら　何の音も出さないまま

肉体は墓にはならない
地上に残るのは死者の髪の毛だけ
と　高地の人は言った
(岩蔭に残る　血で錆びたナイフ)
死者が残した衣服に手をやり
やがてこの襤褸を拾い纏う人々が
地平線の彼方からやってくるだろう
と　高地の人は言った

鳥たちは髪の毛を食べない
ためしに　平らなこの石の上で
大の字になって寝てみるがいい
天上から黒い羽根を広げた鳥たちが
無数に　無限に　おまえを食べにやってくる
大声をあげて逃げなさい
何も言わずに追いかけてくるのが
あれが　天国だよ

絞り切ることができるのなら
老いる時間を絞りたいのだが
冬が近づくにつれて　黄色く実るレモン
美しいものだけを
果実の内部に持ち去っていく
その木の枝に巻きついている刺《とげ》とはなに？

鯉心

家の屋根は黄色い竹の子の形をしていて
窓は両手を広げている
青空は帽子となって　屋根にひっかかり
大事な宝箱が　空中に浮かんでいる
四歳の少女が描いた　その絵のなかの
赤い四角いテーブル　緑色の椅子に坐って彼女は
焚き火を見ていたこともある
その姿は描かれていないけれど

彼女がその絵を描いていたとき
庭はしんと静まり返っていた
それから　少女は大きくなって
夕暮れにぶつかり　階段にぶつかり　うずくまり

無数の蛙が
雨の空から庭に落ちてきたこともあった
蛙だ　と見る間に　蛙だ　蛙
狂いたい　踊りたい
蛙だ　と見る間に　蛙だ　蛙

それから　少女はさらに大きくなって
夕暮れはどんどん進む
西の空は　ほんとうにからっぽ

どこを叩いてもからっぽの響きが心地よく
からっぽの茜色が灰色になり
雲の先端から黒くなり

樹木の枝たちは夜に向かって
心臓の血脈のように甘く広がり
幹には白い苔が斑模様になびき
なにもかもが重さに向かって
垂直に落ちていくことを知った
その木の底で　尾ひれを動かして流れていくものが　恋
（という液体　こうなると　流れるものが必要だ）
池で遊ぶ大きな鯉の背の上に乗って
少女は鱗の文字で書かれた長い恋文を読む
（それはすべてあの絵のなかにあったのに）

建碑式

あのとき
きみはわたしの横に坐っていた
風に吹かれながら　同じ方向を向いて
白いワイシャツと黒いズボン姿で

暑い日だった
やっとここまで来た
ふいに　つぶやく声が聴こえ
わたしはうなずいた

消えていったものが
そのまま五十年を経て　高校時代の
白いワイシャツと黒いズボン姿で
今日の建碑慶讃法要に参加するんだな

あの日に死んだことが重要なのだよ
誰の墓の建碑式か　それは
どうでもいいのだよ
大陸の錆びた青銅器の匂いがした

死んだ彼の顔は見なくてもわかる
ひとつも表情を変えずに　目を細めて
高校の中庭のベンチに坐っているように
もうすぐはじまるね

6

心配

アヤメ科モントブレチア属
モントブレチア　その昔
ロンドンの帝国植物園の庭から
口を尖《とが》らして逃げ出した
今はアイルランドのそこかしこ
オレンジの花を咲かす

たちまちのうちに

花々は後方に退いた
バスの窓は曇っていて
旅するわたしたち《日本人》は
いっせいに　ふりむいた
球根のような顔をして

アフリカから歩き始めた
わたしたちの祖先は
ユーラシアを越え
アリューシャン列島を越え
北米から南米へ進んだが
彼らに寂しさなんて
あったのだろうか
たったひとりで南洋の小島から
黒潮に乗ってたどりついた

わたしたちの祖先は
筏《いかだ》の上で
「寂しい」と感じたのだろうか

目に花の影が残り
いまも水を求めて
一個の球根として　考える
ひとりで咲くのは
寂しいことなのか？
アヤメ科モントブレチア属
モントブレチア
花言葉は「心配」

冬眠

——北村太郎を思い出す

ストーブに暖められて
窓辺で凍りついていた虫が
ふいに目覚める　冬なのに
梢に春の光りがおしよせ
開け放たれた窓から
山の熊笹の上へ水平飛行　二メートル
その先の
透明な空気に出会って

まっさかさまに地上へ落ちる

春まで失神
そのつかのまの夢の中
「あたしのからだのなかで
一番よく生きていたのは」と
あなたは言った
「唇　肛門　性器」
だから
「この三つの場所から
順に死んでいくよ」

誰もあなたの口をふさぐことはできないから
あなたは眠りのなかで声を発する
混沌という名の

名付けようのない産声
あるいは　昆虫の小さな脳髄の中で
起伏する　管のような驚き

「自然より人工が好きだ」と言ったあなたが
鳥打ち帽をかぶって
海辺の公園のベンチに坐るとき
「海を眺めるたくさんの人たち」がいなくなると
老眼鏡の奥で
「大幻滅はすてきだ」とつぶやく

病院の窓は夕焼け
小皿に油が注がれ
炎の黒い舌にあぶられて
黄金色の獅子の身体は煤だらけ

眠り出そうとする火の姿に似て
これから冬眠するあなたの
影は　柔らかいね
思い出も　柔らかいね

＊括弧内は北村太郎の詩から

ここだけの話

おふ　おふ　おふ　嗚咽のよう
「ごきげんよう」
朝の光のシーツ　大きな白羽根
天使が紡錘形となって立ち上がり　歩き　近づく
「ごきげんよう」「ごきげんよう」

この声は不思議だ
おふ　おふ　おふ　と
曇天を糸のように連なって通りすぎていく

泣きガラスからの　伝言があり
姿もないのに　黒い電線の垂れ下がる　空の一角

この声は不思議だ
いくたびもわたしの小さな部屋を訪れる
朝の光の　言葉がずれていくときの　生きものの息づかい
おふ　おふ　おふ
わたしは　手にとられる「わたし」だから

太陽の舌にちろりと舐められるまで　眠っていよう
籠のなかの　りんごみたいに
禿げ頭になっても　頑固に
皺だらけになって縮んでも　断固
リサイクルされない
おふ　おふ　おふ

昆布や干し椎茸やさつま芋はどうなる
言葉がきれいごとで並べられて
「ここだけの話」だけを続けていたらどうなる
木彫の蛙だって身体の洞を響かせて啼くだろう
ボトリングされる「麗しの水」みたいに

いいえ　そうじゃない
ペーパータオルに巻きつく夜明けの影が
次第に右に移動して
器となるべき傷口は
部屋全体にひろがっていることを知らされる

つまり「嘆き」なんて
またたき　と同じほど　軽い

そこに雲のような曖昧な線を引くだけでよい
ずっと人類はそうしてきた　紙の上でも
できるだけ　見えない文字で

縦に書き　斜めに書き　空白を汚し　紙を裏返し
それからほんの少し　紙の端まで散歩に出かけて
隅にうずくまって　身体を透明にして
手が書き出すまで
書く

何十年も　何百年も
文字という柵を越えようとして
天使をそっと覗き見るように
ずっとそうしてきた
「ここだけの話」なんかじゃない

もはや忘れてしまった平成という時代の記憶

四十二歳　平成元年。河内平野で音頭を聴いていた。
四十三歳　ヒマラヤの山奥から下りると湾岸戦争があった。
四十四歳　何もしなかった。
四十五歳　アラビア湾のマングローブ林で流れた油を見た。
四十六歳　チベットの西の端まで砂の都の朽ちた壁画まで。
四十七歳　東シナ海の船上で見た夜の銀河の怖さ。
四十八歳　阪神淡路大震災。焼けたミシンを掘り起こす。
四十九歳　初めて馬に乗り続けて薬草の香る王国まで。

五十歳　唐辛子はなぜ「唐」なのかを朝鮮半島で考える。
五十一歳〜五十二歳　古い詩人の入院日記を読み続けた。
五十三歳　母が死んだ。
五十四歳　駒込ネパール料理店のテレビで同時テロを知る。
五十五歳　アイルランドの海の上に架かっていた二重の虹。
五十六歳〜五十七歳　何もしなかった。
五十八歳　伯父、父、弟の三人が次々に倒れた。
五十九歳　北京で槐の木の並木道を歩く。その花粉たち。
六十歳　人形に出会う旅。人形はエネルギーを入れる容器。
六十一歳　ランボーの懐中時計とスプーンを見た。その錆。
六十二歳　父が死んだ。
六十三歳　スコットランドの蒸溜所で大鹿の鳴き声を聴く。
六十四歳　東日本大震災。瓦礫の下から聞こえてきた民謡。
六十五歳　一時間の意識不明。腎臓癌をえぐりとる。
六十六歳〜六十七歳　何をしたか忘れた。

六十八歳　旧サイゴンは巨大なゴンの木の町であった。
六十九歳　ベトナム戦争中に撒かれた枯葉剤のため、ホルマリンの壜の中で叫ぶ声なき胎児たち。
七十歳　わたしは五十年前に生まれたらしい。
七十一歳　もう一度五十年前の記憶をたどる。誰の言葉で？

その妖怪を逃がすな

——入沢康夫追悼

　　　　　　豚め
　　　　　豚め　ポ
　　　　エジーめ　ポ
　　　エジーめ　たたら
　　を踏む　その　たたら
　上野公園の銀杏の葉を踏み
しめながら　夕暮れの黄色に染
められて歩きながら語り続けた物語

「虚ろ」から始まり「洞」にたどりつき
大井町駅でドアが開き　電車を降りていく老
先生の背中に大きな空洞から　吹いてく
る風があり　そこで姿は　ふっつり
と消えたのだ　そこから先は偽
の記憶　老先生は豚になっ
た　豚はポエジーのこ
とだけど　生々し
くってと笑う
たたらの
詩を
書きたか
ったけれども
妖怪が降りてこな
くなったから　死ぬま

でに書けないだろう　死ぬ
までに　空っぽの　大きな穴に
潜り込む　そこが老先生の妖怪のい
たところ　豚め　豚め　ポエジーめ　ポ
エジーめ　たたらを　踏む　そのたたら　お
別れの言葉を　鏡文字で伝えたかったが
手元の鏡は文字を写さず　空っぽの
穴だけ　その闇に広がる沈黙の
光りだけ　豚め　豚め　ポ
エジーめ　ポエジーめ
たたらを　踏　む
その　たたら
偽の記の
詩！

（註・「その妖怪を逃がすな」は山村暮鳥詩集『雲』序より）

初出紙誌一覧

鏡の上を走りながら　「嗜み」12号、二〇一一年十月号（改稿）

1

声たち　「現代詩手帖」二〇一二年一月号

ワカメが始まって　「現代詩手帖」二〇一三年一月号

防潮堤　「現代詩手帖」二〇一三年一月号（改稿）

急停車するまで　「朝日新聞」デジタル版　二〇一二年三月二日（改稿）

母浜回帰　「現代詩手帖」二〇一四年一月号

イーリー・サイレンス　「花椿」二〇一三年三月号（改稿）

2

朗読者　「ユリイカ」二〇一二年五月号

イチョウ並木の町で　「江古田文学」84号、二〇一三年十二月（改稿）

六月の悪意　「現代詩手帖」二〇〇八年七月号

肖像あるいは太鼓とフランシス・ベーコン　「前橋文学館友の会会報」20号、二〇一三年十二月

アミタケの夢　「短歌往来」二〇一三年十一月号

3

彩の闇　「現代詩手帖」二〇一五年一月号（改稿）

北上川　「図書新聞」二〇一五年三月十四日

家系あるいは色彩について　「たまや」2号、二〇〇四年六月（改稿）

再会　「midnight press」26号、二〇〇四年十二月

十九歳の詩への反歌　「びーぐる」11号、二〇一一年四月

4

面会あるいは誰のものでもないクリスマス・ソング　「現代詩手帖」二〇〇五年一月号

静止点　「イリプスⅡ」14号、二〇一四年九月

地図に迷って　未発表　二〇一七年一月

異神　『身体をめぐるレッスン1　夢みる身体』、二〇〇六年十一月

アリア　その傾きに手を　「星座」二〇〇八年春号（改稿）

5

いつわる　わたし　「詩の練習」24号、二〇一六年三月
平面の構造　「榛名団」17号、二〇一五年十二月
その木の枝に巻きついている刺とはなに？　「現代詩手帖」二〇一六年一月号
鯉心　「現代詩手帖」二〇一七年一月号（改稿）
建碑式　「読売新聞」二〇一七年六月三十日

6

心配　「共同通信」二〇〇三年五月配信
冬眠　「現代詩手帖」二〇一八年一月号
ここだけの話　「みらいらん」2号、二〇一八年六月
もはや忘れてしまった平成という時代の記憶　「短歌往来」二〇一八年十二月号
その妖怪を逃すな　「現代詩手帖」二〇一九年一月号

鏡《かがみ》の上《うえ》を走《はし》りながら

著者
佐々木《ささき》幹郎《みきろう》
発行者
小田久郎
発行所
株式会社 思潮社
〒一六二―〇八四二 東京都新宿区市谷砂土原町三―十五
電話〇三（三二六七）八一五三（営業）・八一四一（編集）
FAX〇三（三二六七）八一四二
印刷所
創栄図書印刷株式会社
製本所
小高製本工業株式会社
発行日
二〇一九年七月一日